第 35 届
青春诗会诗丛
《诗刊》社 / 编

行走的海

贾浅浅 著

南方出版社
海 口

图书在版编目（ＣＩＰ）数据

行走的海 / 贾浅浅著 . -- 海口：南方出版社，
2019.8（2019.10 重印）
（第 35 届青春诗会诗丛）
ISBN 978-7-5501-5569-5

Ⅰ. ①行… Ⅱ. ①贾… Ⅲ. ①诗集－中国－当代
Ⅳ. ① I227

中国版本图书馆 CIP 数据核字 (2019) 第 157223 号

行走的海

贾浅浅 著

责任编辑：高　皓
特约编辑：聂　权
装帧设计：史家昌

出版发行：南方出版社
地　　址：海南省海口市和平大道 70 号
邮　　编：570208
电　　话：0898-66160822
传　　真：0898-66160830
经　　销：全国新华书店
印　　刷：阳谷毕升印务有限公司
版　　次：2019 年 8 月第 1 版
印　　次：2019 年 10 月第 2 次印刷
开　　本：787mm×1092mm　1/32
印　　张：5
字　　数：128 千字
定　　价：40.00 元

目录

C O N T E N T S

辑一 Z小姐与J先生系列

辑五　一直得到，也一直失去

辑一　Z 小姐与 J 先生系列

Z 小姐的臆想世界

1

眼看他起朱楼

立冬之前，Z 小姐电脑里的文字都纷纷揭榜而去
至今未归。那里绵延着伶人的舞台和原野
冲撞着烟熏火燎的
苦焦之地

范仲淹站在那一年的庆州河边，
有人告诉他：此水不好，里面有虫！

Z 小姐替他把鱼从甘肃庆阳，一路赶到
湖南衡阳。陪他看南飞之雁

2

眼看他宴宾客

45 岁的斯特恩，在离约克城 8 英里的
萨屯居住。周四，Z 小姐和他一起在书房
埋头阅读，那些满是古老而下流的书籍。

"古怪群魔嬉笑着，抓挠他的头"。《项狄传》一开头
就绊倒了正在走路的斯特恩，他的古怪
常常货真价实。世界是个荒唐的所在
Z小姐试着用来苏水洗过的手，触碰书中那些
"陌生人的鼻子"

3

眼看他楼塌了

从《二手时间》里踉跄走出过一位
塔吉克斯坦难民。Z小姐端倪着甲板的缝隙
随时一个海浪可以把她卷走。谢天谢地
她终于爬上了旧金山的海岸

这个女人就这么整日坐在海岸上，流泪。
让Z小姐看她的背影，看她凌乱的头发

终于有一日，一位鸡皮鹤发的老人
忍不住停下来，问："你怎么了？"
"在我的国家，发生了战争，兄弟互相残杀。"
"留在这儿吧。美丽的海洋能治愈你……"

Z小姐没法形容那女人的眼泪。是催泪瓦斯的十倍。
她哭软在那里，像一根浑身
苍白的面条。

Z 小姐的波斯地毯

Z 小姐三分之一的高跟鞋陷进
地毯的时候，波斯草原的
鸢尾花和星空悉数在她脚下盛开
Z 小姐知道那些红色是从茜草
和干石榴里提取，也是从
心脏里提取的

再抬起头，他站在回廊的对面
房间的门徐徐敞开，
向她敞开的还有他西装下的一粒纽扣
Z 小姐低下头，从今早到现在
来不及吃饭的她，像是草原迁徙途中
一只瞪羚，只有快跑

一群人的鸟巢撑满了他的房间
他始终没有看她，那颗纽扣像加达尔庄园
快要坠落的葡萄
经过分泌的话语似有似无
粘住她的手指，Z 小姐向窗外望去
皂角树上结满了双鱼座

谷雨润物，静中开花

Z小姐等待一场风暴的来临
转身离去的地毯，柔软如云朵

Z 小姐牵着马

为了修剪出好看的伞型，红叶石楠
学会了用锐角思考问题

喜鹊在栾树上挑拣果籽
多云的下午逐渐衰老

Z 小姐想，是我自己骑上这匹马的
我不容许他人来牵着我的缰绳
在没有星光闭合的夜晚，把我拽入
他梦境的入岔口

朝 5:56 分的胸口，Z 小姐喷出
烟圈一样的小说
上面写道：山楂丛发青了
马牵着我，走过众多房间的山谷
那山谷一直蜿蜒到冬天深处

通过街道旁黑乎乎的围观人群
光芒在他们的黄铜头盔上不停地嬉戏跳跃

Z 小姐的回忆

他站起身来，古老的民谣也紧随其后
站起身。Z 小姐远远看见
一顶鸭舌帽，在人群中

半年后 Z 小姐去了热带雨林，关于他的
回忆也被芭蕉叶轻轻推入旁径

剩下那些不曾散失和遗忘的故事
在 Z 小姐舌尖疯长，它们长在
电影的胶片里，长在巴尔蒂斯的画里
长在浓荫覆顶的幻想里
顺着白色植脂末长在咖啡的风暴里

而结局已经注定
在开始的时候就已写入那首民谣里
故事以倒叙的方式被抹去
在天空宏大的档案库里另行造册登记

Z 小姐的春分日记

他无数次俯身，春分将至
Z 小姐在日记中写道：一夜之间
桃树上全是盛开的吻

米勒笔下的光就打在床上
他的画笔也游走在我们身上

是的，我们身上有农舍和羊群
有巴比松的晚霞和脸庞

有烧黑的木炭条在画布上
沙沙作响的宁静

Z 小姐的夜晚

有些夜晚，真的像枚钉子
Z 小姐裹紧被子想：它会不断扎进你的肉里
而你，甚至都不敢将它拔出

院子里那一蓬迎春花蔓还在野蛮地生长
月光下经常能听到野猫叫春
安眠药也不能拯救的夜晚
Z 小姐只好披衣开始打坐

她攀住呼吸，努力从百会穴挣脱出去
望到了蒲团上的自己
望到了房子里的蒲团
望到了青光下的房子
连漫上来的雾都如此安静
只剩下空荡荡的地球

Z 小姐就什么也不去想了
她在往外拔那些钉子，拔那些往日
召之即来的钉子
拔那些辗转反侧的夜晚

是的，猫还在叫春

那些躲在夜晚的伤疤在慢慢脱落
风吹来阵阵的清凉

Z 小姐的王国

就在昨天，狂风将院子剥了个精光
孤零零的树影，弯腰
紧紧扒住房屋的墙角

Z 小姐已经一周没有收到
他的消息。整个庚午月
游手好闲地从她眼皮底下晃过
那只能咬咬嘴唇，说什么好呢

1936 年，有人在纸上写道：离开悲剧性
我甚至连自然风光，都无法接受。
Z 小姐想这句话，也许可以和她的故事
构成复调关系

"从此以后，我再也继承不了
雨水的歌谣。只见过一顶礼帽
静止的手表和乌鸫飞向树丛。"然后
她大声说："我像一个国王一样
单独用餐，陪侍在侧的是我的
一群仆役——它们是一只鹦鹉、一只狗
和两只猫。"

Z 小姐的周末

Z 小姐把头埋在一汪鲜红的
柳州螺蛳粉里。裙子上的迪奥真我香水
被酸竹笋的臭味掩埋。她默不作声
把螺蛳汤喝得嗞嗞响。

上午的人事会议上，Z 小姐忽然发现
《离骚》里的屈原，就坐在离她不远的
对面和身旁，像是沙砾里的金子
闪闪发光。

"美人芳草"的传统里
竖着一根界桩。它会让 Z 小姐绕道而行。
否则那些蛾眉，会释放语言的雾障
让 Z 小姐迷失在
"秋风秋雨愁煞人"的胡同里。

这个季节的雨和 Z 小姐的默想

雨说下就下，从院子到楼道
落在 Z 小姐的眉毛和口红上
"我们都有些任性。在石楠花开的季节"

Z 小姐拉过帽子快速走过。"那个住在 5 楼的家伙
将要收留我，是的
我打算那么做，让他
收留我。"

可以想象他的书桌，堆满
中华书局的书，淡绿色的。一本叠着一本
餐桌上凌乱地摆着花生米、牛肉干、
辣椒酱和隔夜的酒杯
它们在一起，不会产生静电
那个该死的家伙，是不是已经开始刷牙
更换睡衣，或是对着镜子傻笑

这个季节的雨，说来就来。Z 小姐刚刚开完
一个疲惫又干涩的会议
倚门口，仿佛杨树的叶子在风里
来回翻摆。不知道自己要往哪儿去

他的书房挂着照片，合影的姿势充满了
信任。供在桌子上的石佛，微闭双眼。
"我需要信任，"Z小姐想。
我想，我要跪着上一炷香
我想，我要倒一杯红酒
我想，坐在他的床上
我想，听听他的心跳，和窗外的风雨一起
在香椿树上爬满眼泪

Z 小姐的雨天

此刻 Z 小姐穿着桃红色的高跟鞋
站在屋檐下躲雨
雨和她一样，在天气中变化
她摸了摸包里的香烟
闻到了桂花

四处张望，只有站在她对面的栾树
落了满地金色的花，被雨水踩得
语焉不详

一只烟的功夫，她和这个世界都陷入沉默
幻想着这棵栾树
应该在童年的院子里生长
而她，应该出现在另外的空间
聚拢着四处飘散的
桂花的味道
至少现在应该有一个男人
掐掉她的烟
带她转身走进……

安娜·卡列尼娜

Z 小姐推开桌子，站在窗前
像是孤岛逃生的人
拼命划着一艘小船

她已经一连好几个星期
都闷闷不乐
望着窗外那些看起来快乐
和悠闲的人们，叹了口气

有人看见过 Z 小姐穿着一条绿裙子
漫步在广场上
"花开了。"园丁要是推开花园的门
也会这么说

那时她在讲授外国文学
她把《安娜·卡列尼娜》借给一个女生看
给她写短信
使她心中燃起一生只有一回的烈火
只是那火焰没有热量
只有金红色的火苗，摇曳在
Z 小姐的四周

那个女生躺在 Z 小姐的怀里
有了玫瑰花瓣的颜色
那时的她不抽烟不喝酒
有天鹅般的长颈，总是涂鲜红的指甲

她们的快乐惊扰了蕨草
踩坏了天麻
人们把 Z 小姐当墙上的影子移来移去
就像她遮遮掩掩的心事

Z 小姐终于老去，老在了转角的橱窗里
老在了熙熙攘攘的人群中
老在了锈迹斑斑的眼神里

漩　涡

Z 小姐坐在那儿，姿势轻松自然
只要他开口说话
她都会立刻笑起来，像一只落在
枝头的鸟儿，爪子紧紧地攀住枝条

坐在她的身旁，他想
就好像她身上的每一片花瓣都在绽放
它们不光朝着自己
也朝着光线射来的地方和墙壁上的影子

现在，她可以把脑子里一闪而过的
念头告诉他，那几乎就是初次相逢时
带给她的第一感觉
他走进来，相当害羞
看了看四周，把帽子挂起来，可帽子
又掉了下来

也许过往的一切都要消失，只留下心情
从他的眼神中她嗅到了那晚的痕迹

杯子的四壁如此光滑
像今晚他们制造出的语言，即便相互搀扶

也终究滑落杯底

那么她，会和他一起走吗
或是只留下影子和他一起走
他们彼此不确定

但他们愿意留下来，继续喝着杯中的酒
不为别的
没有漩涡，深不见底

`

普罗旺斯

按照鲍太太的说法
Z 小姐应该忘了他，那样也许会
更幸福些，或者只记住千禧年 8 月里的他
和那一株旺盛的藤蔓

那时的他像薄暮时分
站在十字路口的一个影子，当出租车
载着后排座里的她渐行渐远时
这个影子也越拖越长
我要抓住那个影子的味道，她转动食指上
的戒指暗想

多年后，当她端起喷壶
为飘窗上的风信子喷水时，阳光轻柔
水雾迷蒙成一片紫色，她停顿了一下
想起了一首他曾经给她唱过的歌

她去了普罗旺斯
不是去画画或是唱歌
而是成为一个调香师

正如鲍太太所说，她忘了他

只是把他当作一种气息和底色
安放在众多女性孤独的伤口

天堂鸟

"琳达！"听那声音
是 Z 小姐，原来是 Z 小姐。
经过了这么多年，Z 小姐穿过一团迷雾来到她的面前
她不禁想起从前，那时自己怀里
还紧紧地抱着一只吉他，心里琢磨
她怎么会闯到自己家来

现在琳达可以从从容容地
把那只吉他放下了，因为 Z 小姐已经失去了当年的
风采，不再是洗澡时
忘了取海绵、光着身子从走廊跑过的姑娘
那时她们喜欢通宵聊天

Z 小姐老了，细纹从爱笑的眼角和嘴角
划过，她们在客厅的门边拥抱
黄色窗帘及上面的每一只天堂鸟
都在温柔地舞动
像无数双翅膀飞进房间
又立即飞出去，最后又被
吸了回来，Z 小姐轻轻闭上了眼睛

有人在笑，她转身，握着琳达的手

房间里灯火通明，全是一双双
有故事的眼睛，霎那间
Z 小姐觉得自己在萎缩，骨节僵硬
乳房也瘪了，如一朵风信子
包裹在绿色的叶片中，只露出淡淡的花蕾
一朵照不到阳光的风信子

岁月会无中生有许多故事，也会倾轧
许多故事，比如此刻
Z 小姐和这场聚会的其他人

屈 服

Z 小姐十年前就已经屈服了
你根本找不出任何理由：没有吵闹
也没有呵斥，只有缓慢地下沉
沉入水中，直到她的意志转变为他的

很久以前，她曾倒两次车穿城而过
去音乐学院学习声乐，糖葫芦和烤红薯
都能让她吃出过年的味道
而现在，每天 Z 小姐都开着生日时
他送的那辆轿车，穿梭在学校、
超市、辅导班的来回路上

她的生活和脸上的表情如刻在
雕像底座上的铭文，歌颂着尽职、
感恩和忠诚。只有 Z 小姐自己知道
床单越绷越紧，床越来越窄

七月、八月、九月……
每个月都几乎还保持着它的完整性
"她如一层薄雾，横亘在
对她最为了解的人们中"

Z 小姐和 Z 先生

1

Z 小姐套上了那枚
从前戴在别人手上，一周后
连同那枚印有玄奘法师书《东归译经》的
邮票，一同归还的婚戒

2

Z 小姐听完这个故事，笑了笑
找了珠宝设计师用了 12 颗碎钻重新镶嵌了
那颗一克拉的南非钻石

3

她开始收拾衣柜，Z 先生的衣柜
那里住着整个热带雨林
有黑色的蝴蝶胸衣，闪着幽蓝与墨绿的光
小天使拿着酒杯扇动着的白色翅膀
丛林里若隐若现蜿蜒如蟒的丝袜
还有那些黄昏天空中飘浮着各种形状的睡衣
以及下雨之前闷热的空气中弥漫着不同植物对抗的气息

4

一个人在家的时候，她会登上阁楼
玻璃房的茶室，如果运气好可以远眺到
大雁塔，玄奘讲经的地方
她对讲经不感兴趣，她只想赶快结婚
身边有男人的手可以抓紧，不然站在楼顶
往下望，那么尖锐的空虚。她会眩晕

5

一切都明明白白，Z 先生没有骗她
求婚的时候，她依然像一株
多汁植物。虽然她心里清楚
Z 先生的多处房产和车子
都是分期付款。而从她嘴里所说的父母
在经营服装加工厂，也像沙漠里写下的字
她想终有一天他会在她烧的苦瓜炒蛋中
尝出回甘的滋味

6

他们彼此利用黑暗侵蚀白昼的光芒
Z 先生病倒了，她抱着一岁多的孩子
望着病床上唇色乌青的那个称作丈夫的人
是的，他们已经很久没有做爱了

因为 Z 小姐曾经无意中提到几次
她的女伴都换了宝马车，说话的时候
她嘟起了嘴巴
通常 Z 先生都翻看报纸默不作声
报纸上的字，变成了成群的黑蚁
往他袖口里爬

7

Z 先生终于不能像以前那样拼命挣钱了
就像一个人重返故乡的小村庄
沿路一件件脱掉自己的节日礼服
离家越近，越是变回衣衫褴褛的农夫
他们选择移民，去热带国家
Z 小姐心里感慨，也许像我们这样的人
只配生活

8

Z 先生坐在自己生活的边缘
每晚都会梦到从大雁塔顶飞来一只
雪鸮，像是已故的妈妈披着麻色的上衣
他背着 Z 小姐偷偷留下两份遗嘱
一份留给妹妹，替他照顾好父亲，两处房产归她
一份留给 Z 小姐，替他照顾好孩子，那栋复式公寓和宝马留给她
Z 先生还和以前一样逗怀里的孩子

和 Z 小姐讨论哪道菜什么时候该放盐
还是该放糖

9

Z 小姐每天傍晚按照医生的嘱咐
陪 Z 先生在海边散步，海风轻拂
望着那些花花绿绿的比基尼
心想：今晚我的新服装该到货了吧……

J 先生求缺记

《废都》里的雪一直飘到了戊子年
飘到了 J 先生的书桌上
白茫茫一片。J 先生沉默许久
伸出手指在上面画字
龙安，未安

桃曲坡水库是一尊地母，她捏出了
庄之蝶。捏出了黑色的埙
捏出了稠密人群无边的巨浪
J 先生兴致勃勃探头往里张望，一个浪打来
他费劲全力，攀着 15 年的光阴
爬上了岸。手指上多了一颗陨石做的戒指

自此 J 先生加倍消遣沉默，他画
孤独之夜，画曹雪芹像
画守护他灵魂的候。看一场接一场的足球
在他的稿纸东南西北，重新栽满
六棵树

永松路的书房依然热闹
J 先生把自己变成沈从文，每日带午饭
看书，写作。老家人依然把泼烦日子

稠糊汤一般，端到他面前。
和朋友打牌消遣还会为谁赢谁输，抓破手
写腻了"上善若水"，换一幅"海风山谷"
自己依旧与众人递烟，倒茶

戊子年救了J先生。他心里明白
风再大，总有定的时候。
《秦腔》换成了大红封面，带盖头的新娘一般
出现在醒目的正堂。
有人替J先生拍手叫好，他那有年头的脸上
看不出表情。待众人讪讪要走
他慢吞吞吐出一句话来：
站在瀑布下，永远用碗接不了水。

3 月 27 日 J 先生生日

电话里 J 先生说，你们带孩子过来就好
语气从宋体五号变为小篆三号

从深圳带回的盆菜，在高汤里咕嘟
满满一大盆鲍鱼、鹅掌、猪脚、
藕块，它们变得激动异常，脱身而出
东游西逛，挤眉弄眼地挨着 J 先生书房里的
陶罐和佛像坐下

大鱼际里藏着春眠的草籽，它们通往
肺经，一路讲经说法。千回百转

J 先生曾画过无数的钟馗，漆黑万状
身型巨大，捉时间的鬼
人间的鬼，也捉心中的鬼

66 岁之后的 J 先生，头发更加稀疏
他还会回乡祭祖，依然开会，吸烟
写稿子。仍将自己置于烦恼树下，蹭痒痒
在热闹叵测的人流中，打瞌睡

唯有那清明的笔，冷眼旁观

用整个秦岭的苍茫抵挡所有风的棱角

他相信轮回，拼尽气力让自己圆满
他要对这一世负责，哪怕与锋利而狭窄的
刀子，狭路相逢

世上的一切最怕和解。J先生说过
想要长寿、安乐的法门只有一个
那就是：做好事。
转化一切苦厄为蜜糖

他在"耸瞻震旦"的大堂写道

J 先生找房记

J 先生在四处找房。按照小说的
节奏和呼吸，他要把一口绵长的气息
吐纳在种着桂树的院子。门口蹲着
天聋地哑

他的字画每天都在他人的成见上碰壁
有时候，他小说中的人物
趁他卧榻吸烟之际，从西京城走来
在他的达摩面壁图上，轻快
抹几笔潦草的疙瘩云，或是站在下风口
撞见满树的槐花，等着抱走
《东坡问鹅记》中那只打补丁的白鹅

有时候他叹气，会觉得自己越缩越小
掉落于城内八方的深井中，终日手拖
以牛皮裹口的新罂，紧贴井壁
听山海经的根须折断之声
松云寺的汉松一层层开花絮语之声
涡镇上皂角树燃起冲天火光的爆裂之声
以及，落在中山顶上
四只红嘴白尾鸟，嘤嘤叫着盘旋而去之声

J 先生急于找房，要找有地下室的房子
要找比暗夜更汹涌的房子

他问过无数售楼人员：你们这里有吗？
你们这里没有吗？

众人皆摇头，说
不曾有过，不曾没有过。
遂将今日的日历一把撕掉

J 先生画米芾

乙酉年，酉时
J 先生展纸画《米芾拜石》
画成，拱手一拜

野火和春风刮过 J 先生和米芾
53 岁这年的草原

他们都在别人用秃的那支笔上
重新找到了天真之年的意趣

那是一个复数分叉历史的时代
米芾拨开唐人肩膀的莴萝
把目光投向黄昏里的魏晋
他深吸一口气，决心为自己的"刷字"
和"连点成线，以点代皴"的画法
找一个可以穿过时代间隙的肉身

同样在这迷人的小径
J 先生发现了"天上的流云，就是地上的河"
他换了一种琐碎绵密的写法
和米芾并肩站立在四时纷杂的尘世中

从前，在他们的身体里叠加着
很多故人，这些故人经常跳出来
告诉米芾和 J 先生要守规矩
好的，米芾和 J 先生一边诚恳点头
一边在桌角废弃的纸团里送走他们
到最后他们只剩下，他们自己
那不是由厚变薄的过程
是山涧溪流落入大海的回音

J 先生把米芾画成了一个光头和尚
落笔的时候，J 先生想
自己的头发终有一日也会秃的

J 先生的小说世界

1

J 先生的名字上裹着一层磷。
每当他用力摩擦那些镶嵌在粗糙年代的
故事时，小说中的人物
就燃起了橘色的火焰。他们游荡在
城镇间，穿梭在节气里，
居住在人心的幽潭。
散发着松节油的气息。于是
我们讶异，火光周围
无涯的黑暗。

2

有些耐不住寂寞的火焰
从 J 先生的小说里，挖出上古时代的
寓言，出走。

泥泞的道路，正赶上评论家尾随。
他们的交谈，运气好的会勾肩搭背
称兄道弟，十八里相送。
运气差的，会遭遇搜身和盘问
还有些倒霉鬼被羁押、扣留。

3

但往往就有站在烈风中的读者，蹚过黑河和白河之水
湿淋淋的，站在评论家面前。
他们摩挲着纸张，摩挲着写进身体裂缝的回音
告诉他们 J 先生的容器里盛着他们
盛着风月宝鉴

4

"穷人，不爱惜历史，"J 先生叹喟道
他拿来埙和尺八，交给了庄之蝶
和宽展师傅。他放出头狼和鸥枭
捕捉七月的烦躁。倒流河里涨满了
忧伤的倒影，雨开始下。

5

"大地和我对着彼此一跃"
J 先生合上了他的小说

辑二 青铜

青 铜

老迈的清晨，在饕餮纹里徘徊
这一年的谷雨，身穿垂坠的长袍
把手伸向祭祀时的烟火

铜的配方
在周朝加了白芷去腥
尘俗的梦被擦得闪闪发光

人们在秋季调制酱类，雁肉
宜与麦子搭配
编钟犹如一部久远小说的开篇
每一道风景皆为畅饮者而设
在鸡鸣桑树颠的薄雾之下
打发老故事的英雄上路

黄昏边缘，木犀草被遗忘
最后的《湛露》里，有场牌局仍未告终

未央生

天地阴阳有何意义，在岁月侧畔
悲乐各有缥缈
谁能摇尽体内的野果。
历经红尘
方知钗垂鬓乱之后业障侵入肌肤

恣情疾徐，岩熔喷尽
来路锁香奁
黑暗终会吸干香艳轻浮

李渔大师并未错过他的极乐宝鉴
但同情他的内心坎坷
将他带离淫术之困：一个荒唐大梦中
有着渐渐模糊的面孔
那是命运风化之物
戏谑经年
而使肉蒲团上升腾起软软的烟

他能怎样
本就是极乐世界里踩着沙砾的浪子
并不是奔槽饿马投在艳情小说的孽种
该大彻大悟的必定是

致和年间的神仙

居住在世间男人的血中
他每闻气促，便有嘤嘤之声
他不死
他永在

汉代市井生活

汉罐被摇醒，市井的
回声彼此踩踏。酒肆外
一张木案，陈设着两只羊尊和一个兽面纹觚
酒肆的店小二正在接待
两位长袍宽袖的雅士，店外
有人担酒而来，有人推车载羊尊
而去。星光正好佐酒

汉画像石款待着我们的想象
班固家族的《汉书》牵引着我们的想象

对此，他们浑然不觉。像水的两岸
我们要蹚过河水，费力地爬向一岸之时
总会觉得对岸的轮廓模糊到了狭窄

谁为皇帝解决吃药问题

并非所有的北方都信奉两个太阳
通天塔突然出现在面前
最后的王，提着鸟笼畅想

他的故事谐趣横生
但这是海客谈瀛洲的第七个世纪了
那些古典的房子完全放开手脚
人们不停地旋转着旋转着

深渊升起它的黑烟
我们只需掏出一枚硬币
卜算王的生动远景

掌灯时分

石榴汁色的文字从书中的序跋
顺着手臂，流进左心房。此时正是掌灯时分
城南的促织在阶前探头

你只能掩口不语，否则那些假声尽穿些
优雅词汇的长袍，携两袖游手好闲的清风
在门外虚晃

回到靖康元年。书里依然没有野兽
一只飞萤落在殿前，翅膀轻盈
如盛开的幽兰

回到靖康元年

假若大雪纷飞，金兵就渡不过黄河
但徽宗必须是个酒徒，必须让郭药师押运冬天
必须让旷世孤独遣散后宫三千

那只是一个假设。回到靖康元年
大臣李纲不相信假设，只相信宦官的逻辑
那登基的太子却面孔模糊

有一种绝望会绵延千年，有一种肤色
在劫难逃。在促织的眼里
那扫平一切的东西，是天空的骷髅

我们的血中总有一个匿名的创伤
我们，在手机中挖开任何一座历史的坟墓
都会发现一些与雨水结盟的蠕虫

白居易

能歌的樊素，善舞的小蛮，
在她们泪别之前，那匹被卖掉的白马
反顾而鸣，不愿踏进
一场错误的风雨。
喝不尽自酿的美酒，
看不完池北的书，
诗酒老翁日日遥望琵琶峰。

元和十年夏，白居易贬谪江州时
已是"面上灭除忧喜色，
胸中消尽是非心"。在宫廷权贵的反面，
他要倾听时间中的明亮之声，
他要做面朝太阳的刺史
去减轻王朝的忧虑。

讽喻何为？生于乱，成于太平
大唐的江山有他诗的布局，一年又一年，
看不尽凄冷月色，也听不完
淅沥夜雨和断肠铃声。
从知足、齐物到逍遥、解脱，
渐消醉吟之名。

后人赞长恨歌、卖炭翁、琵琶行，
不知儒佛道否定了吟玩情性，
天下苍茫，兼济不易。
但他说：乱花迷人眼，浅草没马蹄。
于是，他总是拉长白昼，
让身体中的睡莲
化作荒城。

刘歆

西汉的刘向，驾鹤西去之前有些疑惑
怎么儿子编订完《山海经》
改名为：秀

汉成帝河平年间。父子俩受诏于
天禄阁秘书，校勘群经
老刘家的祖坟自此冒了青烟
父子二人成为互文关系

秦始皇背过身去恼羞不已，有人
正在冒犯他，用笔用竹简
用事先设计好的冲动

没有漫天的硝烟，只有被
重新发现的善待。在记忆的废墟里
刘歆骑马归来

清癯的男人搁浅在无数的猜测中
时间是最严酷的监工
他在催促《七略》也在催促王莽的夺权

一切我们知之甚详的
转眼成为——道听途说

介子推

八月蝶黄，苔深风早，
狂歌走马难忍饥肠。可有麻雀汤？
清瘦的重耳梦中赶路，
瘸行的随从，为他安装着
天涯止境。

世事如棋，刀剑春秋了无痕。
晋文公封赏，安知"四蛇各入其宇，
一蛇独怨"？那时节
没有失重的湖海，
也没有神示出没于新塔旧壁，
只有雾中花，水中月。

霸王柔情不堪寻。
赵衰、狐偃的咒语折不断绵山，
便需择日而亡。但那七天七夜的大火，
烧坏了隐士的月光宝盒。
在既定的情节里，狂奔的人
正是以火浴脸。

悲哉足下！木屐应是清明柳，
所有重生的事物

都会被察觉、被赞颂，
唯有琴瑟之上柳条寒食
找不到时间的梯子。

三千年之后，介子推从晋剧里
脱身而出。连冷暖都是身体的装饰，
在死亡中一再翻身
他亦能歌酒，而浑然不觉于
王朝的宿命。

癸亥年

癸亥年。夏，四月
寒，民有冻死者

"人人都在对方那里排队"
李园携着自己的妹妹挤了进去，朱英
有些犹豫，最后也决定试试运气

春申君松开了这一年
松开了"无妄之福"，松开了楚幽王

雍城把嫪毐和赵太后，推倒在一旁
文信侯看到嬴政脸上
闪烁的强光。初夏在弹奏箜篌

暴风雨有天真的眼泪和嗓音
我们在去四月的路上，被拦下

金 属

到处都是消逝的人群
空洞的脸。王朝的孽种孤芳自赏
暴戾，阴郁
在迷人的荆冠边梦着出鞘的剑。

海洋里藏着众多金属的人种，
不屈从风暴和人间的伪经，
倒长的天气，梗在背叛的戏剧中，
真理的位置有神的喘息。

乱 弹

去左边，秦王破阵的时候你在哪里。
去右边，苦音和煤气灯都消停了，
有人吃着板胡。粗犷的人种鱼贯而出
西凤酒改变了刀刃的形状
梦里已无江山。

或者隐蔽在《钵中莲》里呼唤血肉。
速度大于狂风。三生三世都要饱满酣畅
关于轮回，定是无人能知
欲望的冤家对头。

生旦净丑都要挣脱身体，要么芳香，
要么血腥。除了惊慌还有暗淡下去的大戏。

那一晚所有的知己都醉了

公元 762 年
剑客李白放了大招
谁也无法选中
他的状态

海市蜃楼之下，楼兰公主自我了断
那就大宴武林
诗酒之内百无禁忌

李白的苦闷
买断狄仁杰的冷笑

是谁赢了

多好，食有鱼，天下寒士尽欢颜
虚拟的国民，脸色红润，双目发出
金光。缘深缘浅，都意乱情迷，

都跟着温柔的年月，搭建命中缺铁的房屋。
都接通电流，去参加一次诗意的饥荒。

我们翻开守候已久的《吃树皮指南》，发现
缺损的真理，我们在那些真理中
梦着后裔的进化时光。

风陵渡

古道斜阳，何计乘桴。
一个携着瓶钵的人在风尘之上
不会去怀想
蚩尤定制的大雾
风后的指南车

都说晋壤连秦川
鸡鸣三省。峭壁之下长河潒潒
不再有暗渡的潜师。
黄河泄转东流
临风眺望
唯余波光荡日

就让郭襄与杨过在此邂逅吧
就让迷失四方的人
被消蚀，被掩埋。何以
共济人思
怒涛犹在

辑三　等光来

三月十六日回棣花

二0一九年三月十六日，村后牛头岭的松柏
偏了偏头，崖畔上扑鸽
飞往二郎庙。有人对着水潭中的鱼苗
大喝一声：嘿，你姓不姓贾？

村口有一排砍头柳，靠在暖坡上
晒太阳。刘高兴家的高兴
右手戴着桃木串，走过来给帮忙加固老屋后墙的
村人散烟。他砍的是院前的三棵楸树
横架在土崖和老屋中间
像三杆顶在腰上的土枪。游客从高兴家的
院子出来嘀咕：那字，不是老贾的。

"肥肉片子炖粉条红萝卜、浆水豆腐。你爸百吃不厌
每年年三十晚上，给你爷你奶上坟之前
都要点名吃这个。"婶子说着
又给我碗里夹了一筷子。

院子的门斜斜地开着，上朱雀下玄武
云在笔架山上飘着，院子里再不见
撵母鸡给我炒鸡蛋的婆。

坟头上有一只酒瓶斜斜地躺着
一棵松树被烧糊了半张脸。
我跪了下来，"父母之墓"埋着整个家族的
风水，将来也埋着我的父亲和叔叔。
火光冲天，坟里的老人伸出手在抚摸我的脸。
变黑发软的一张张纸，是下跪的人
一张张褪去的皮。等什么时候皮掉光了
我们也就去见先人了

磕头起身，不远处的苹果园
有一只斑鸠飞来。你若是我的婆
你就叫我三声，我便答应三声。

木槿花

六点零三分，地铁以推理演绎的
方式，找到世界的意义
现实是语言的倒影
车厢里，我们用动词
浇灌了一株生长缓慢的
木槿花

当使用日常词汇时，你我已经忘记
木槿花由秋到冬，在它的体内
产生一次次回潮和逆流

到站，下车，转身走进相反的路线
车厢忽明忽暗，语义无法生成
其他任何事实。肢体
在阴影中生锈

那么重新开始，我擦亮自己的咽喉
借助词语聚合形成的短接回路
让车厢明亮起来，有人
开始上车，紧抓手柄

木槿花卷曲的茎干告诉我们

你、我都是它
遥远的旁枝

器物与心情

周一，从福州买回的玻璃瓶
巴掌大。请一株见春花。长长的茎
插在柔软的水里，分割了瓶身的时空

周二，朋友来看我，带一盒
玫瑰精油制成的香。她说你闻闻
和普通香不同，有助睡眠。说话间
有花瓣正从她眼中飘落。

周三，雨水从案板街而来流经慈恩寺
六合屏风壁画里，有抚琴和赏花的女子
古琴和箜篌同时说出，我们的前世今生
雨水，在落下。

周四，喝茶的人却去买酒杯
卸下紫檀手串，喝一碗薏仁粥
去一个陌生的酒场。

周五，陪友人去文玩市场
挑了一对一模一样的小葫芦。回家
孩子给它们起了好听的名字：天长、地久

周六，果碟。站在超市的货架上
不肯下来。它在看身旁的碗筷纷纷出嫁
它在等"落花人独立"的那个清晨。

周天，清明。打扫卫生
烧纸，祭拜所有的神灵。
各种质地、形状和颜色的纸
都是四方神灵的表情。

失语者

他来了，风很凉。他穿着黑绸的衬衫
告诉我弗里达、列侬的故事
然后说起了接骨木花糖浆
说那是一款"精灵"酒的配料
在调制的时候，像这样
他比划着，像是搬开一块石头
看见泥土里逃窜的爬虫，有些诧异地
陷入了沉思

第二次见他，胡子长了些
他正在给弗里达和列侬写信，在我身上。
我们什么也没说，他写得很吃力

第三次，见而不得。
他在研究盐、青铜器与商周的关系
他在兰花旁画了一只蟋蟀
说是与我解闷
寒食节那天，蟋蟀淹死在水里

一切，又恢复到第一次
我遇见了另一个他
周而复始

我看不见你

南方渐渐远了
平静的日子光滑如故
我的脚踝默默接受降落的乌云
水仙的花期悬在戒律之下
风捎不来你的音讯
我需要一场漫长的雨

那互相发现的分分秒秒
必须脱离喧嚣，必须与孤立结盟
只有虔诚的诗篇能解救出
我们辛劳编织的往事
而我震颤的血流
一定还爱着你的太阳

四季嬗替都有着强烈的色彩
迷途如何穿过时间暗门
那些拖着我们的名字奔跑的事物
在下一个旅程，下一个城市
等着我们在黑暗中坚强
也等着我们倦怠下去

我的手顺着温暖的劳碌

无意触碰你的感伤，事实上
没有一个人间能装下你的劫离之魂
但我的手充满醉意
因你的锋利流进我的皮肤
因你无所不在

我与你合一

1

时间的淤泥里仍有生命的顽石
这一点毋庸置疑
星星四处喷溅的时候
稀薄的空气能证明什么

孤傲的花枝垂于率先出走的幻梦
雨水积满生锈的巢穴
没有一种衰老不能变成音符

2

昼与夜都有着虚无的足迹
慵倦的面孔前面，败北的天气即使复苏
膨胀的冷寂
或许都会成为宗教的容皿

只有微光在黑暗中飘移
祷词上的眺望者
失去唇舌的授权便不能进入无形之境

3

我凝神于从你身体分离的过程
人世亦会着魔
飞天之水
死去的山峦化作软软的空白
太阳的对面，万千缤纷的草木
抓住火
以最隐忍的方式迁入我虚构的另一生

4

自由里的体香
赐与消失的年代
我散居于世界各地的每一分子
体现绵延的动荡
情感寻找宿主的时候
宿主也在寻找情感
而影子的幽居地无限缩小

5

死亡并不是人类喜爱的国度
倘若时间逆行
倘若无中
生有

我便能将沉重的精神化繁为简
我将不朽，让欲念盛开
我的话语，出口成光

6

荣耀的初始，血无阻碍
现实没有结局
我的眼眶会溢出金属，用于锻制记忆
我可以回归真实，惊天动地

到处都是灰烬，到处都是深渊
所有的深渊都是一个深渊
能烧毁深渊的
是我的语言

7

我以沉默的方式吼叫
直至你出现，直至你带来美与绝望、爱与窒息
让事物将我潜藏

让宇宙的定律倦怠下去
我与你合一

镜子

我双脚沾墨，邀请你来镜前坐坐
我们同时说出麋鹿在
树林中，迷失的那个夜晚

你在房中注《论语》，光线透过白纸
正一笔一画在上面绣字，门把被孩子撞坏
门缝变成了直布罗陀海峡

接着我分开双腿，你背对着镜子
你说空虚的日子拖着你往前走，日复一日

你跳进了我的湖，搅动。说：
我去过西藏，那里的湖最美，像月光石
但你的湖里有鱼，它们会四下散开
又狡猾地聚拢起来，啄我

镜子缓缓起身抖落所有的张望
未来正在宁静中缓缓熟透

等光来

琴里的隐士，以什么姿势在黑暗里腾挪
琴里的隐士，在每个音符里
摇着天空的枝丫，那如影随形的
是梦的穹窿。
琴遮住他的悲伤，琴设计出他的无边的寒冷
除了宁静，还有打翻宁静的另一种宁静
他不停地向自己告别
他的告别伸手可触。

弄琴者，制造魅惑的风，
减缓思想下沉。事物皆有空洞，有涌流，
有魂魄的残墙断壁。
追赶速度，追赶速度中有逃跑的力量，
当钟盘有了锈斑，晓夜不可羁留，
禁忌失效。杜撰僵局。
等光来，
琴里的隐士必化作云下的菩提。

我是一棵行走的树

每一片叶子上都有一颗泪珠
每一个枝蔓里都伸展着
一个期待的

孤绝。花溅不落虹霓
那闲敲棋子的人，会不会敲碎
一整季的相思？

你且浅斟低唱。"细雨梦不回，
东风已尽。"
摇不落的泪珠——

都是来日
与苍烟相伴的霜露。

破 碎

听不到花的声音
伤心的笑与世人有何不同
一步之距的
是残香，是凝视，是倒出的水
而名字挣脱了缰绳

黄昏，风中有隐约的色彩
谁看见混沌之处飞出的鸦鸟？
低烧的言语
有一种淡淡的气息从花中嘤嘤飞出
那是不可呼唤的孤立的胚胎
被空气打碎了

五月的最后一天

直到五月的最后
一天，雨
仍在下

雨声埋在
地下，装着
小麦、稻子和谷子
的坛子里

一切如此寂静，像熟睡中的被角

接着路就开始不平
朝着站满乌鸫的桂树倾斜

人们都长着一张猫头鹰似的脸
寒冷，不断往身上靠

观测者

爱因斯坦的扇子来自中国
上面有他自己的题词："上帝不会掷骰子。"
但格利宾说，就在另一个平行宇宙
有成千上万的上帝，都在
掷着骰子

我所在的世界一切如此真实
唯一的上帝失去了双手：或是被那
生死叠加的猫，叼进了黑色盒子
薛定谔雄心勃勃，推演着
猫既活又死地
嘲弄逻辑思维的过程。但谁能
观测到思想的衰变？

想必那清虚灵明不染纤尘的王阳明
在他的"无我"之境
密谋了百年之后的
量子自杀？"你未看此花时，
此花与汝心同归于寂……"
那时的日月，可是我
此时的假设？

时间把一切赶向虚无。时间也并不能
把一切赶向虚无。除非进行观测，
否则一切都不是确定的——
看一眼，就足以致命
除了爱，除了
放着爱的身体

嗯，身体就是一个黑盒
没有隐变量、坍缩、佯谬、绝对零度，
也没有通灵的铍离子
和意识怪兽。只有一个虚拟的
上帝，在扇子的背面观测着
历史的蝴蝶效应

巴黎圣母院 4 月 15 日大火

哎！圣母玛利亚，法兰西历代
石匠、木匠、铁匠和雕刻师心里的
"我们的女士"——她知道
时间当然会改变一切，包括
永恒与不朽

不用说莫里斯·德·苏利大主教脑际
高高的哥特式塔尖，180 多年来
《天库》里天使与魔鬼的数量保持黄金比
荆棘花冠犹在，贞德犹在
最后的审判迟迟未至

塞纳河畔，怀揣邪经的人在暗处
笑不可支。但我们用心寻找的西堤岛
仍有高高的祭坛、长长的回廊
以及雕梁画栋。我们仍可在雨果的手稿里
挖掘出凯西莫多敲钟的双手

斯里兰卡

月亮在僧伽罗人和泰米尔人的睡袍里
翻出过狮子、菩提树和猫眼宝石。
一年又一年，热带季风
使马可·波罗和三宝太监
在纪念碑里睁不开眼。

马哈韦利河两岸还行走着铁木树
但蓝色睡莲悄然不见。
死亡如猛虎，在四月二十一日
将数百个亡灵赶入荷花瓣。
谁还能在大象孤儿院外饮着椰花酒。

我听见《顶礼，顶礼，母亲》的哽咽之声
面前的一杯锡兰红茶有了波浪。

发言纪要

我们在讨论一个古老的话题：酒和诗
会议桌自动从东南西北折成一个"回"字
邀请我们返回自身

我需要一个故事。有人说
"吻过，就会爱上"
多难为人。酒从来都不缺场
发言的男人们让语言，站在
自己的肩膀上

轮到女士发言，拿起话筒的那一刻
她们选择成为回音
远古的回音，男人们的回音
像酒桌旁的含羞草，收缩得如此苍白

没错，我们在场。酒也在暗自瓜分着
我们。从立春到大寒
它把我们的七情六欲，撞得
叮当作响。把我们抛在旷野里
和男人们走散

我快乐，帕斯捷尔纳克临终前说道
那不是因为伏特加，所有人都知道

和陌生的朋友在泸州

那个来自智利的家伙，左眼角
有一颗痣。直到晚餐结束合影的时候
我才知道他叫毛林。那颗痣
差点就落在了
我的肩头

我们相互张着嘴，模仿着对方的名字
像短尾猫希望大蜥蜴，能爬进
它的喉咙里。事实上，这两种发音
是松开瓶盖和扭紧瓶盖的
不同方式

接下来，在铺着波斯地毯的
诗歌朗诵环节。毛林站起了身
他的诗歌里，那些混乱的家庭关系
那些坐在低矮沙发上的争吵
都编织在傍晚，宁静的晚霞中。
退缩在角落里的孩子——望着天花板
发呆。疯狂生长的植物，都从瓶子里
跑了出来，毛林一下子慌了神
怎么拉也拉不住。它们让毛林
委屈和骄傲

是啊，我们住在同一个瓶子里
和特拉滕巴赫的孤独、
福克纳的荒诞一样
我们都是同一个人，慌张的人
惶恐的人

致伊蒂莫娃

谁也没有期待她的发言，然而
发言开始了。有点长的刘海
遮住了眉毛，留下落寞的表情

她谁也不看。就那么存在着
没有给他们任何借口，也没有向他们表示任何慈悲
她以平静的方式抚摸
词语，抚摸这个世界的伤口。

我转过头凝视着她的眼睛，恰巧
坐在我对面，那个来自立陶宛的家伙
也像在嗅闻一株栀子花，盯着她看

等腰三角形的三个点。伊蒂莫娃的眼睛
正旁敲侧击着无法撼动的白夜
我们驻足。那么庄严
宁谧而美好

失去你的那一天

卦五十七：无初有终
那大理石地面上走动着消失的人
与我擦肩而过
我记不起消瘦的卦象。
好吧，在放纵生死的区域
让我找回玄学里的
冷笑。

交 杯

白昼的女王触痛兰花
那一刻被冷落的坚果顺势爆裂
扑向受惊的酒

劫数毕现,她迷茫的双眼证实着
我的谎言——我暗自捕获的海
比沙漠冰凉

彼时或有一支驼队
潜伏在微光里

在未醒的歧途,遭遇镜像的酒杯

西西弗斯

或者正是我：每日的乐趣
以及每日的无趣。
赶着，而不是推。有灵性的石头
在前面，往山上奔跑。
而后
顺应山顶的布局，石头
碾压我所有的影子。

我有无尽的想象。或毫无想象。
——他心中的光明，
把我
推出他的躯体。

辉夜姬

谁创制了不死山的青烟
谁就江山永续

鹞鹰振翅而飞。嫩竹的辉夜姬
惧怕着来自天竺国的佛的石钵，以及
蓬莱优昙花、大唐火鼠裘、龙头五色玉、
燕的子安贝。东土的世间
竟无至诚之爱

可以在人间中赎清罪过
不可错过月圆之夜
冰雪寒冬或雷雨炎夏都有迷人的泪
哪有梦境之外的菩提。伐竹翁的物语
黑暗在心中一点点扩张

天之羽衣！无法回想矛盾和忧郁
一颦一笑汇聚成花
连觊觎者都在沉静中消散
意想不到的灵肉，打开明亮的天空

王者得不到荣耀。"长年苦恋青衫湿"
武器疲软，人们相信了天意

人们就有了温存的面庞

宝嵌琉璃有离魂，美与丑都用尽力量
掘着时间。天人不在语言的笼里
幻灭与永生无可选择

注：辉夜姬是日本最古老的文学作品《竹取物语》中的主角，作
品讲述了她被贬入凡尘，又升天归月的故事。

一无所获

所有的天鹅
都有着雪白的羽毛。如雪的白
如你所见，如你
日夜所思

思维里的黑天鹅，对于思维
并没有怀着深深的敌意
如果想成为自己的对手，也许必须
先忘记自己的模样

在空旷里豢养的黑白记忆
都重复着有与无

我常常独自黯然神伤

冷酷与温暖之间隔着三个谜——
希望，鲜血，图兰朵

如果我是藏起名字的卡拉夫王子
我宁愿在茉莉花丛里死去

爱，没有太平。波斯诗人菲尔多西
只知七个蒙古美人的容颜

陈年记忆腌制不出深闺幽怨
鸟巢里也不会有睡熟的中国公主

辑四　时间的岔路

致 "鲁 32" 的好友

事情就是这样
如今，我们各自被夜晚掩埋
彼此没有梦的勾连

芍药居 45 号的院子，呼吸着
我们报废的缄默

所有人都去过那条街上的粉象酒吧和
湘菜馆。听说
很多始料未及的场面都是酒
下的蛊

唯一被冷落的是月光
在我们踉跄着垂柳般冰冷着的
身子往回走的时候
没人敢抬头看一眼月亮。因为那一瞥
如同钉在桃木树上的寻人启事
无迹可寻

离别的那几天，下着雨。
院子里沉睡着白皮松的气息
我们七人约好一同去看《冈仁波齐》

故事似乎到此结束了。其实
我们再次重逢，在
不打诳语的
盛夏

远古阳光的最后时刻

此时没有语言，就不必创制语言。
归回自身："但我不是最后灭绝的物种。"

生与死，怀着善意交谈，
被长明灯照耀，被形而上的手梳理，
被儿童玩具中断。我们怀着宿命而来
我们离末日仅隔着一个空间。
曾经无所不在的神祇也逃遁了
在我们瞄准天空的炮管里
并没有人世的烈弹。

赎不回续命的真理。就不必预报天气了，
这岁月，没有明朗的风景。我们
既从来处来，便往去处去。

没有名字的我，没有未来的他

在褴褛的风里，在
仿制的光中。
我和他，孕出迷乱的云朵。
什么声音会将我们
输送到水流？
时间倒退，
视线冰凉，
哪里都是必须穿过的生活，哪里
也都不是，我们最好就是
漫不经心。

旧影集

语言之外四处收割欢娱的影像
影像后面流动的东西，睡着的乐章
我头发上的灰尘
灰尘被风吹走的声音

就是那样印着我紧闭的嘴唇
沉默之前爱过的天空
在偶然经过之处捡到的花朵与火焰

在什么样的情景里倾注热情或者向往
我的十指扶起过
心形树叶
总有些日子在记忆里很空旷
淌流的，清醒的，命中注定的
相伴
直到我回归宁静，远眺炽热的冰川

幸福的人都能看见星星，看见我
谁到我跟前
谁就能
绽放

怀想的马匹会直接踏过我画出的原野
填满四季的人，是我的一部分
他们的眼，流过我的泪

尖利的时光之箭，穿透苦涩
让喧嚷之声消瘦
发生的事情遇到未发生的事情，就能躲闪
而我依然固我，轻松自如

三城记

听见樱花低语
应又是长发及腰时

交杯合卺，良夜，
纤船逆流而去，低徊的月光，
拨弄风铃的手，嗅着细枝的果实，

我们的
梦境。航程。烟的困惑。

降落某处，又离开
像重访被遗忘的遥远之域
种下三个橘核。

在成都茶馆喝茶

七里香低垂
我们搬出词语清洗天空，一杯滚烫的
竹叶青，复苏了有关玉兰花的记忆

成都，三个不请自来的家伙
开始在茶馆里复制自己
我们说到了砀山，说到了西藏
说到了芍药居 45 号，说到了伟大的文艺复兴
说到了张牙舞爪，被自己搞得一团糟的生活
当然少不了露骨的黄色笑话

那些被复制的自己，有的缺着一条胳膊
有的只有半张脸，有的为自己搬来
一张藤椅，从我们的指间叼起一根烟
更多的是用同情的目光望着我们
一言不发。茶叶正在渐渐失色

总之，在那个下午，一切都
雌雄难辨。我们两眼放光
起身，回到各自的替身里

听见影集里有人发出叹息

有人在旧时光里横卧铁轨
有人在旧时光里捡着泥泞中的落叶

如果我已被撇下，我就无法取景
就拉不住风，也摸不到星星

当他们挥别流溢黑暗的空杯
我怎能独自梦见酒的羽毛

感情生活

我从你的芒果树下走过并希望
被一颗熟透的芒果砸中。"但这是在冬天，
在冬天，芒果酣睡在树里。"你的脸
遮不住我羞怯的胸。你不听我的隐忧与绝望
但冬天里并没有距离的屏障

怎样才能轻松自如，又怎样才能
让我们血肉中的烟火脱离尘俗？
这些芒果树的浓荫，像秘密
像生长中的感情虚实相间

我们必须藏好伤口，让真实倒叙
让缤纷的词汇扫去心里的黑暗
你爱四季更替，更要爱我的沉默

你穿过我的身体并不能带走我的命运
我猜那些酣睡的芒果
总有一颗会在清醒时分说出我的名字

石楠花开

我转过胸脯你就闻到初潮的气味
我转过胸脯你就看见成群的白蝶

马的身体
一次醒来两个人
来自遗忘，要重新遗忘

风和日丽。"密集的唇舌
铺开一季疯狂。"初夏的蜂鸟

叫醒了你想象的斑马线

时间的岔路

从身体涌出的河水
淹没了返回北方的道途
以及所有撕裂之声
也使思绪里的人产生变异

猜想水的反面
物体繁复
闪电坠落
未诞生的婴儿啼哭阵阵

所有真实的事物在光的锁链下旋转
命定的飞翔都将穿心而过
当黑暗君临
逝者纷纷张开惊讶之脸

塞舌尔

无论多远，你都要留恋
发芽的墓碑，刚冒出沙滩
碑文上的蝌蚪仍可期待

到达之前，卑微和苟且都有具象
需要生孕出永久的沉默者
择日打碎我手上的空杯

注: 塞舌尔是坐落在非洲东部印度洋上的一个群岛国家，享有"旅
游者天堂"的美誉。

在你身体上写信的人

春风，落日，孤客，
金黄的地方风车按照传说转动，
假寐者吃着河里的船帆；

触摸那些感知不到的温暖，
魔圈，流亡的城墙，
纯而又纯。

从哪一刻开始身体中的罂粟受制于美？
静水流深，玉笛暗飞。

我依附的你

今后再也不会有差错了，
今后，我抱着你的泪珠奔跑，
那观望中的精巧的现实
刀锋已消失在匿迹的水域，
宗教的雾障也被悲祷所清除，
我们的身前身后
将全是苍老的美，濒死的美……

那些永远失去的，
那些失而复得的，
都会在殉难的情侣怀抱重逢；
那些诺言
背负着蝼蚁的道途，

想象，在另一个宇宙我仍然会
将你紧紧拥抱；我曾有的锋利
会被洪亮的钟声托起。

药

雨不会弯曲，但时间会。
在单弦上弹出七个花瓣，我就迁出春天。

我等待你冰冷的嘴唇。
天花板上有七只朝下看的眼睛。

今夜，大地继续，草木继续，
七个我都将被铜像算计。

红 颜

在午夜摘出骨骼上的萤火虫。
枪靠近欲望。
粉红的走廊转弯，
双腿上
架着古典的光线，
你简洁的构思里有了花的声音，
生成枝的疼痛；
而我则在身体的裂缝中
接住锋锐之物。
那些花枝久久地在水里停留，
鸟雀会不会迷途知返，
那么多语词，就要
被喊出：用尽气力，我们穿过针眼。

两个互相寻找的人擦肩而过

木棉花开在木棉树虚度的春天。
谁会在树下以猫语互相祝福，
当他们在火焰之下阴沉着脸。

有人自夜的深处骑马而来，仰着头
用温柔的目光抚摸落地的花朵；
有人宿醉方醒，手握寒风，
在树的身后不知所措。

谁能拯救困在空洞之处的色彩，谁就能
在未至将至的时辰重新眺望。

四月的鬼脸

谁在树里藏匿太阳？古琴出走，
在扬州瘦马的必经之处设下了埋伏。

小区里的闲置时光

五角枫开始开花了
窗台上一只青花瓷杯向外张望

银狐犬钻进冬青丛拨火棍一般兴奋
樱桃树披着金属的光泽，为停落在枝头的乌鸫
讲那些花粉受孕的故事

光线织进孩子们的毛衣，她们在玩轮滑
把小区的路面变成丘陵、峡谷和键盘
她们头发卷曲，菟丝子般缠绕在
发芽的笑声里

我在等待和她们击掌，盘算着如何在
餐桌上端出整个院子的色彩

有人背着帆布包，红色的字眼十分显眼
"无论是走海路还是走陆路，到天堂的
距离都是一样的"

己亥年

柔软而坚忍的人生性敏感，头颅之上
达摩克里斯之剑
隐而不见
所有陶醉的章节现在放弃呻吟
接近云壤之物，溢出多余的想象

沉溺，话语中的苔藓，
雷电重返一个纤细的身体——
到来或离去，
皆有狂喜
而喷在夜晚的力量并不能撕裂白昼

如此，如此

谁的手上，会有透彻着金属质地的
声音？我们击掌。

但金子不会落下。天空也不会落下。
那地下的黑火找不到我们
丢失的黎明。

黎明！我们牵手，就会隐现
在时间里逆行的念珠。

无 题

1

我在你的心里，
像一团烟。哦，不，就是
一团烟：袒露在月光之下，袒露着
它的灵魂。

2

你看，废墟那么苍凉，
野草丛生。
其实废墟里藏着不为人知的能量。
其实这些能量控制着经过的事物。
就如我们经过这里，我们感到
一个如期而来的人，
又走了。

3

不用说，
水下有冥想者埋伏。
他们与游荡的鱼类心心相映，
他们的手臂陶醉于水草。

如果我们被选中，我们就会被
装进闪电击中过的沉船。

4

很多夜，莫测高深
很多眼神为我而忧伤下去
很多人与我一模一样，总有无言之态
照出水面上的蜉蝣

5

每一天都构成回忆
星斗倾斜，手指错过梦的长镜头
犹豫
有其芳香，它连接消失的人

6

哪有因果和奇缘。
我跑出门
目光分散到不同的年月，
天命的反影不会构成弥漫的音符。
冷暖自知。如果遇到火焰
我就坐进火焰。

如何往瓷器里注入另类基因

冥想者分离出新的天空。在阴影聚集区
均分海鸣的版图。铜像的心脏
在现实中跳动，发出声响。

脚踝伸向深渊："有多少背叛，就有多少隐密"
你们睁开双眼的时候，世界
暗了。鸟的翅膀挡住了星象
也挡住所有征兆——锋利之物逼近
荒漠上的航行者。幻象成为沸腾之水
浇铸王的意志，唤醒消失的记忆。

辑五　一直得到，也一直失去

全世界都不知道

秦岭，与我
遥遥相对。时间的铁链
锁不住我隐形的双手

面对波浪，呼吸愈加丰腴
白日焰火在空中
短暂停留
地平线与心情离异

南飞的大雁
带走了一心一意的森林

无　题

不关心后摩尔时代何去何从
只关心最高的量子体积

去捕捉：动与静，实与虚，亮与暗
以及生与死

人们在防火墙内亲吻机器视觉
为真相或假象成像，解析岁月的脉象
还原通透和明锐的情感

深沉的白昼，川流不息
但阴阳没有像素，不可分辨

只有异次元的传感，为人性守夜

梦在左，灵魂在右

家，孤绝的迷宫，下半夜醒目的男人。纤细的
彩虹，脸不翼而飞，意识的碎片，语无伦次的
大结局。风骤雨横，门掩苍浪之水
三千，浮尘埋不住咒文。

与真实一步之遥，也许并不是这么回事，你看，
徒劳挥霍神智，人人闪烁其词，谁有时间，
去废墟打捞月亮？为行尸走肉剃度，无垠的
黑，狂乱，缅怀绣囊里的幼虫。

那些致命的花瓣，那些陌生的瓷。一次，或更多的
血腥。体内的聆听者，他命若游丝。

那部电影

使我们左右为难，使我们
在一天的斑斓之处献出唯一的水流
我们在空白里定格：沉默的背面
过量的细节、萎缩的道具和
女主角的手臂斜向夜
我们成为反影

没有土壤的日子，有人把梦的工艺
传授给我们。"玻璃里停留着
用不完的小道消息。" 我们
接近故事顶端——
松弛下去
消瘦下去

一直得到，也一直失去

我们一起想出的海现在遥远了，
你掌管的波涛接近平静。
时间里飞过的海鸟真实地
拍打着惊醒的梦，
现在还不能关闭周围的事物，
往事中未完成的情爱在记忆里艰难跋涉。

也不只是现在，
一起虚度的时光要藏进深海，
月亮下坠，海螺爆裂。

别嘲笑我的伤悲

心有病虎，难嗅蔷薇。

血液新旧交替。那些梦啊花啊
我都不说了，我坐在空屋里
想着满仓的粮食。

月亮晕染过的钱币已经
不能卜算任何尚未发生的事。

脚踝下有暗流，有猫的一生，
但水揪不住我的耳朵了。

墙上有培根的鸡
瞄准你的视野。我睡去时
我要成为你的绿荫。或有迷情的异形

正酿造着我独享的药酒。

暗 流

幸福的人
从不打听一条河的消失
那些战栗与胚胎都在深色的帷幕内
吻着水的叹息

他们抓住彼此的手指

乌云浓密
未雨绸缪的人心中暗喜

反季节的兽醒于树缝
儿童的列队在他们讲述的故事中起伏

擦亮秘镜：把孤立的语言
都交给它。

遐 想

盒里的猫以寂然不动的方式
嘲笑盒子的主人
阴和阳的界线，没有规律
动与静的交替，不可测度
但我们出发于抵达之前
我们
想的是得有数不清的不死猴
花上两千亿年，也打印不出《哈姆雷特》

风暴之前

秘密几近窒息
炎夏里的黑火将漫过穹窿
失明的城市准备了愤怒的面孔——
未知的正是已知的

像阿莱士·施蒂格那样质疑诗人的微笑

想出一个仇敌，仇敌也会微笑
想出一个国家，国家也会微笑

诗人，是终生的行囊
在文字的隧道里安营扎寨、挑拣萤石
他们引燃过地平线
他们现在微笑

即使榨干他们全部的秘密
遮羞布里依然藏有
黑桃皇后

他们出发，一次又一次地出发

注：阿莱士·施蒂格是斯洛文尼亚当代诗人、散文家和小说家。

错 觉

狮子说话，女人逃出瓶子
在言语中拆除阿斯匹林的脚手架

假 设

一具躯体中有两个灵魂
或者更多

那共享的矛，被七只手抓住。或者
更多：大地是柔软的，飞翔是沉重的，
不同空间的人在时间的奇点相遇
他们无限小于寒冷

情感是游荡的。生命，力有未逮
因而也会失重。
所有空空荡荡的事物都有饥饿的唇舌

矛有什么目标呢？囚徒离躯体
有着无限大的距离

草木之巅

"主人，你的剑醒了。"
"它睡了多久？"
"一天。哦不，一百年。"
"好，我穿上皮肤。这需要一秒，或者更短。"

草木旺盛起来了。
阳光茂密，蝶群撞出了石头。

皮　囊

非法入侵者在石英钟里自我了断
他有荡气回肠的宁静，我有影子的波段
到处都是诡异的笑，到处都有轻飘飘的人
我仅用一个尖锐的话语就驱走寒冷。

我抓起他的手臂。他在我骨缝中停下。
我按照祖传的配方
把一个想象的女人叠进他的想象，
他被真相制作成标本，
其间有四季嬗替的节奏和低飞的疾病，
多少沉溺下去的空间
带走了最牢固的事物。

除了一身皮囊，并没有疲倦，
我同这个陌生人，亲如手足。

灰

每一滴水，都能映现山脉、金属、云彩
每一滴水，都有一口泰利斯的井

井里有天空。有溺亡的神祇
抓着舞蹈的影子

给你

只要时间还会发出声响
只要眼帘上还挂着雪的虫卵
只要：木星下行
瓷器归来，它张开细腿
坐进我的火焰
我收拢流水，暴露自己，与疼痛交错

目的论

一天，亚里斯多德不小心打碎了灯盏
他涨红着脸说道："我看到
一匹猎豹扑倒了橡树"

分 离

哭了一整夜的人，在天亮时
睡着了。她手上的镜子——

装满了一群
睡得沉稳的人。

我们有共同的悲伤

你犹豫的嘴唇含着我的醉意

我们面对面。房门之外
有铺天盖地的生活
也有止步的虚无

嗅得到昼与夜的不同味道
就不要冥想曲。谁能在盘根错节之处
绊倒我们。谁能在梵文的地界
为我们呼风唤雨

倚着未知之物，我们仍然有时间
去森林、河流、海洋
去战栗、惊喜、消失

只要简单：屈服于光亮
在酒的锋刃上
回车。

洗 词

色彩遁入寂静，无人之境有血腥

欲望的表情在繁花里困顿了，时间
堆满谷仓。瓷瓶碎裂，
人形安在？

抓住光线——
到处都有不可救药的呼吸声。

石上燃冰。梦很匆忙："行其庭，
不见其人。"

应用赖尔原理

每个细节都是非法占有
都是逆流的船
磨损着时间
直到复杂的思绪抵达命运的码头

只有完整的事实结伴而行
人人都像吉祥物
挂在风中

敲 打

得用尼采的锤子敲打每一个偶像。
他们就把偶像从脑中取出
牢牢地抓在手上。

那碎裂之音，却早于我举起双手。
偶像是空心的，每一个之中
都藏匿一个魔鬼。

锤子，会不会在魔鬼的手上？
当我想"敲打"的时候，偶像就
碎裂了。不可言说。